매일 아침 평원에선 붉은 노루가 눈을 뜬다
그는 푸른 늑대보다 더 빨리 달리지 않으면
죽으리라는 것을 안다

KB121936

매일 아침 푸른 늑대 또한 눈을 뜬다
그는 가장 느리게 달리는 붉은 노루보다
빨리 달리지 않으면 굶어 죽으리라는 것을 안다

네가 푸른 늑대이건
붉은 노루이건 상관없이
아침에 눈을 뜨면 너는 질주해야 한다
―
아프리카 속담에서 인용

바이칼호에는 푸른 늑대가 산다

푸른 늑대의 다섯 번째 겨울

초판 1쇄 인쇄 · 2019년 9월 25일
초판 1쇄 발행 · 2019년 9월 30일

지은이 · 손승휘
그린이 · 이재현
펴낸이 · 이춘원
펴낸곳 · 책이있는마을
기 획 · 강영길
편 집 · 이경미
디자인 · GRIM / dizein@hanmail.net
마케팅 · 강영길

주 소 · 경기도 고양시 일산동구 무궁화로120번길 40-14(정발산동)
전 화 · (031) 911-8017
팩 스 · (031) 911-8018
이메일 · bookvillagekr@hanmail.net
등록일 · 2005년 4월 20일
등록번호 · 제2014-000024호

ISBN 978-89-5639-316-2 (03810)

이 도서의 국립중앙도서관 출판예정도서목록(CIP)은 서지정보유통지원시스템 홈페이지(http://seoji.nl.go.kr)와 국가자료공동목록시스템(http://www.nl.go.kr/kolisnet)에서 이용하실 수 있습니다.(CIP 제어번호 : CIP2019037738)

바이칼호에는 푸른 늑대가 산다

푸른늑대의 다섯번째 다음겨울

손승휘 글 | 이재현 그림

THE FIFTH WINTER OF BLUEWOLF

1

구릉 너머로부터 바싹 마른 흙바람이 불면서 키 큰 나무들이 자작자작 소리를 냈다. 이파리들이 바람을 타고 흩날렸다. 호수는 차갑게 빛나고 먼 평원까지도 흙먼지가 가득했다. 하늘은 잿빛이다.

원래 가을은 하늘이 맑아야 한다. 뜨거운 태양이 몇 달이고 대지를 달구는 여름이 지나가면, 이제 더위가 오기 전처럼 맑은 하늘이 며칠이고 계속되어야 한다. 그리고 며칠에 한 번씩은 비가 내려야 한다. 비가 내릴 때마다 날은 조금씩 차가워져서 겨울이 천천히 다가와야 한다.

올해의 가을은 그렇지 않다.

푸른 늑대는 커다란 바위 위에 올라가 호수를 바라보았다. 곧 눈이 내릴 거다. 날이 차가워지는 동안 비가 내리지 않았다. 불길하다.

이제는 눈이라도 충분히 내려야 한다. 그렇지 않으면 올겨울을 지내기가 만만치 않다. 물이 소중해지는 겨울에 눈이 내리지 않으면 엄청난 추위가 눈보라를 대신하게 되어 있다.

푸른 늑대는 호수를 바라보며 걱정했다.

"마른 추위가 닥쳐오는 겨울은 이 세상에서 가장 이겨내기 힘들어. 물이 귀해지고 심장까지 얼어붙게 하는 차가움이 숨을 쉴 때마다 몸속으로 들어오지."

금빛 늑대가 바위 뒤에서 반박했다.

"아직은 아니야. 붉은색 곰도 아직 동굴로 들어가지 않았어. 나뭇잎들도 아직 매달려 있어. 달이 스무 번도 더 뜨고 나서야 눈이 내릴 거야."

푸른 늑대는 고개를 돌려 바위 뒤에 서서 자신을 올려다보는 친구들을 바라보았다.

'시간을 잘못 재고 있구나. 여름이 너무 뜨거웠던 기억 때문에 겨울이 코앞이라는 걸 모르는 거야.'

친구들 뒤에서 어린아이들이 옹기종기 모여 장난질을 하고 있었다. 푸른 늑대의 아이와 금빛 늑대의 아이 그리고 노란 늑대의 아이들이 깡충 깡충 뛰면서 장난질을 하고 있었다.

아이들은 곧잘 어른 흉내를 낸다. 서로를 적으로 설정하고 물고 뜯고 치고받는다. 다치지 않을 수준이라면 서로 싸우는 게 좋다. 형제끼리는 서로 뒹굴고 놀기 때문에 싸움을 배울 수 없다. 각자가 싸워도 좋고 가족 대 가족으로 싸워도 좋다. 살아가는 데 싸움꾼이 되는 것보다 더 좋은 건 없다.

"오늘 밤 달이 뜨면 벼락 맞은 나무 아래로 모두 모이라고 해."

이제 헤어질 때가 되었다. 각자의 영역으로 흩어지기 전에 배불리 먹어 두어야만 한다. 당분간 적극적이고 대대적인 사냥이 필요하다.

2

우우우. 검은 늑대의 울음소리를 신호로 열다섯 늑대가 벼락 맞은 나무 아래로 모여들었다. 자기 굴에서 달려나온 늑대들은 둥그렇게 원을 그리고 앉아서 푸른 늑대를 기다렸다.

푸른 늑대는 은빛 늑대를 대동하고 천천히 나타났다. 중요한 결정은 절대적으로 푸른 늑대 스스로 하지만 언제나 옆에서 찬성을 하거나 반대를 하는 은빛 늑대다. 같이 온 것을 보니 어린 푸른 늑대들은 잠이 든 모양이다.

"모두 모였으면 이제 내 말을 들어라."

푸른 늑대는 고개를 들어 하늘을 가리켰다. 하늘의 달이 희미하게 빛을

뿌렸다. 하늘이 흐린 탓이다. 가장 빛나게 반짝이던 북쪽 하늘의 별도 힘을 잃어서 깜빡이고 흔들렸다.

"하늘을 봐. 흙바람이 계속 불어서 모든 게 희미하잖아. 그런데 비가 내리지 않아. 바람만 불고 비가 내리지 않는 겨울은 무서운 겨울이다."

아직 젊은 늑대들은 푸른 늑대의 말을 알아듣지 못했다. 하지만 나이 든 늑대들은 푸른 늑대의 말을 알아들었다. 특히 푸른 늑대의 형제인 금빛 늑대는 충분히 알아듣고 수긍했다.

"눈이 내리지 않는 겨울은 온 세상을 얼어붙게 한다. 우리는 힘을 비축해야 해."

젊은 늑대들은 이해하지 못했다.

"물이 없어지는 건 아니잖아요?"

"물 대신 얼음도 먹을 수 있지 않나요?"

푸른 늑대는 나직이 크릉 소리를 내서 물정 모르는 젊은 늑대들의 입을 다물게 했다.

"알고 있다. 너희들 이빨은 얼음을 깨 먹기에 충분해. 그러나 얼음만 먹고 살 수는 없지. 날이 무섭게 차가워지면 너희는 아무것도 맛보지 못할 거다. 겨울 내내 사슴이나 순록은 한 마리도 구경하지 못할 거야. 기껏해야 작은 쥐 한 마리로 며칠을 견뎌야 될 거다."

"그럼 어떻게 해야 하죠?"
"따뜻한 곳으로 이동해야 하나요?"

푸른 늑대는 고개를 끄덕였다.

"호수 건너편으로 간다. 거기서 겨울을 지내야 한다."

무리들이 웅성대기 시작했다. 호수 건너편은 따뜻하고 먹을 것도 많다. 사냥이라고 할 것도 없이 아주 쉽게 먹을 것을 구할 수 있다. 호수를 따라 길게 이어지는 절벽 아래 평평한 땅에서는 사슴들이 겨울을 난다.

웅성대는 이유는 그곳이 자신들의 땅이 아니기 때문이다. 그곳에는 사나운 회색 늑대들이 무리 지어 살고 있다. 언제인가 짝짓기를 위해서 떠돌던 갈색 늑대는 스물도 넘는 회색 늑대 무리를 만나서 거의 죽을 뻔했다고 전했다.

"갈색, 너는 회색 늑대들이 어디 머무는지 알고 있지?"

푸른 늑대의 질문에 갈색 늑대가 고개를 끄덕였다. 회색 늑대들의 땅을 빼앗는 일은 위험하고 무모할 수도 있지만 푸른 늑대가 결정하면 물러설 수 없다.

언젠가 어린아이들을 지키라는 푸른 늑대의 명령을 어기고 들쥐를 가

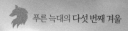

지고 노는 데 정신을 빼앗겨서 자기 맡은 일을 소홀히 한 젊은 늑대가 있다. 덕분에 어린아이들은 붉은 곰이 다가오는 줄도 모르고 동굴을 나와 놀다가 크게 다친 적이 있다. 그때 젊은 늑대는 푸른 늑대에게 다리를 물려서 평생을 다리 저는 신세가 되어야만 했다.

"자기가 맡은 일을 소홀히 하면 누군가가 그 대가를 치른다."

푸른 늑대는 모두를 위한 역할을 마다하는 늑대를 용서하지 않는다.

3

"꼭 그런 모험을 해야만 하나요?"

은빛 늑대는 동굴에서 아이들의 털을 골라주다 말고 생각에 빠져 있는
푸른 늑대를 걱정스런 눈빛으로 바라보았다.

"어쩔 수 없어. 다섯 번째 겨울이야. 재난이 닥치기 전에 승부를 걸어야
만 해. 여기서는 올겨울을 지낼 수 없어."
"하지만 예상 외로 지낼 만할 수도 있잖아요. 붉은 곰이 아직 활동하
고 있어요."

"그건 붉은 곰도 위험을 감지하고 있기 때문이야. 깊은 잠을 자기 전에 조금이라도 더 영양을 비축하려고 애쓰고 있을 뿐이야. 지난겨울보다 훨씬 더 긴 겨울을 준비하는 거라고."

만일 있는 전력을 전부 쏟아서 전쟁을 치르다가 실패하면 더 힘들어지지 않겠어요?"

"아마도⋯⋯."

푸른 늑대는 은빛 늑대의 걱정을 이해했다. 그뿐 아니라 스스로도 이번 전쟁에서 지면 심각한 위기에 빠질 것을 잘 알았다. 그러나 시도조차 해보지 않고 멍하니 재난을 맞이할 수는 없었다.

"겨울이 너무 빨리 오고 있어."

푸른 늑대는 동굴 밖을 바라보면서 말했다. 희끗희끗 눈발이 날리고 있다. 펑펑 쏟아지지 않고 바람에 날리는 저런 눈은 무서운 추위를 가져온다. 늑대는 추위를 반기지만 모든 동물들이 그런 것은 아니다.

혹한이 오면 늑대는 얼어 죽지 않는다. 굶어 죽는다.

4

해가 질 무렵부터 푸른 늑대를 따라서 늑대들은 이동을 시작했다. 모두 열둘. 아이들과 아이들을 지키는 엄마들을 제외하고는 모두가 전쟁에 나섰다.

호숫가를 따라 돌아서 가려면 달이 네 번 떠올라야 한다. 네 번째 달이 질 무렵의 새벽에 공격을 감행할 작정이다.

호수의 해가 지는 쪽 멀리서 불빛이 천천히 움직이는 게 보였다. 인간들이 이동할 때 사용하는 무시무시한 도구다. 길게 늘어서서 희뿌연 연기를 내뿜으며 달리는 단단한 도구는 소리도 공포스럽다.

인간은 두려운 상대다. 인간이 가지고 다니는 커다란 소리를 내는 모든 것이 무섭다. 소리만 날 뿐 무엇에 물리는 줄도 모르는 사이에 누군가가 죽는다. 접근도 하지 않고 죽일 수 있다.

소리, 말, 개와 함께 나타나는 인간들의 모습이 더 무서운 이유는 그들이 사냥으로 얻은 전리품으로 몸을 감싸고 다니기 때문이다. 머리에도 뒤집어쓰고 몸에도 두르고 다닌다. 손에도 자신들이 죽인 동물의 가죽을 두르고 다닌다.

"인간은 피해야 한다."

어려서부터 늙은 푸른 늑대는 푸른 늑대에게 그렇게 가르쳤다. 상대할

생각 말고 무조건 달아나야 한다. 숨는 것도 불가능하다.

　인간은 늑대보다 더 참을성 있고 오래 버틴다. 그들은 추위를 이겨내는 뜨거운 물질을 가지고 있고, 미리 준비한 음식을 먹고, 무서운 소리를 내며 달리는 커다란 도구를 이용해서 순식간에 따라잡는다.

　인간은 숨어서 기다리는 것도 늑대보다 뛰어나다. 그들은 동물의 사체로 유인해서, 늑대의 힘으로는 결코 벗어날 수 없는 무시무시한 도구로 늑대의 발을 잡아챈다. 혹은 목이나 허리를 잡혀서 두 동강이 나는 수도 있다.

　인간들에게도 약점은 있다. 날카로운 이빨도 눈밭을 빠지지 않고 달리는 강하고 빠른 발도 없다. 어둠 속에서 멀리 볼 수 있는 능력이나 소리를 듣는 능력도 없고 특히 냄새를 맡지 못한다.

　그 대신 인간에게는 수많은 도구가 있고 인간들을 기꺼이 돕는 개와 말

이 있다. 개는 늑대만큼 냄새를 맡고 말은 늑대보다 빨리 달린다.

그러나 뭐니뭐니 해도 가장 두려운 건 인간이 앞발에 들고 다니는 긴 막대기다. 인간은 가장 막강한 적인 곰보다도 더 강하다. 인간의 앞발은 곰의 앞발과 다르고, 특히 인간이 들고 다니는 큰 소리를 내는 막대기는 곰이 들고 휘두르는 막대기와는 차원이 다르다.

"두 가지 소리는 아무리 멀리서 들려도 달아나야 한다. 막대기가 내는 소리와 개가 짖는 소리다."

늙은 푸른 늑대는 언제나 그렇게 푸른 늑대에게 주의를 주었다.

5

푸른 늑대의 작전은 간단하지만 가장 유용한 방식이다. 먼저 금빛 늑대와 갈색 늑대가 회색 늑대들의 사냥터를 어슬렁대서 그들의 화를 돋운 다음 호숫가 절벽 중간에 난 길로 유인하는 것이다.

회색 늑대들이 절벽 사이에 난 좁은 길을 따라 추격해오면 절벽 위쪽에 숨어서 기다리던 푸른 늑대와 동료들이 덮쳐서 절벽 아래로 밀어 떨어뜨리는 작전이다.

"함께 떨어지고 싶지 않으면 조절을 잘해야 한다. 내가 공격하라고 하면 공격하다가 내가 먼저 피하면 너희들도 슬쩍 피해서 절벽 안쪽의 가장자리로 붙어야 한다."

사실 위험한 작전이다. 늙은 푸른 늑대는 푸른 늑대에게 항상 말했다.

"아무리 작은 새끼 양을 사냥할 때라도 반드시 험한 곳으로 몰아넣어야 한다."

그만큼 늑대들은 유인에 뛰어나고 다른 짐승들의 유인에는 넘어가지 않는다. 상대를 무시하는 법 없이 작은 일에도 신중하고 정성을 다한다. 이번 일의 성패는 금빛 늑대와 갈색 늑대가 얼마나 연기를 잘하느냐에 달렸다.

작전은 완벽하다. 금빛 늑대와 갈색 늑대는 위험을 무릅쓰고 회색 늑대들의 사냥터로 들어갔다. 회색 늑대들이 사는 언덕 아래에는 몰려다니는 붉은 노루가 보였다. 역시 멋진 사냥터였다.

금빛 늑대와 갈색 늑대를 발견한 회색 늑대들은 경고의 뜻으로 길게 울었다. 언덕 전체에 울려퍼진 울음소리를 신호로 언덕 곳곳에서 회색 늑대들이 모습을 드러냈다.

금빛 늑대와 갈색 늑대는 경고를 무시하고 노루 한 마리를 이리저리 추격하면서 회색 늑대들의 신경을 긁었다. 회색 늑대들이 서서히 침입자를 응징하기 위해서 모여들기 시작했다.

마침내 회색 늑대들이 달려오기 시작했을 때 금빛 늑대와 갈색 늑대는 놀라는 척하다가 냅다 달리기 시작했다. 그러나 아주 속도를 낸 것은 아니다. 만일 너무 빨리 달아나서 영역을 벗어나면 회색 늑대들은 침입자를 쫓아낸 것으로 여겨 추격을 멈출 수 있다.

만일 먹이가 귀한 환경이라면 같은 늑대라도 침입자들을 악착같이 추격해서 잡아먹고자 할 테지만 사냥감이 풍족한 회색 늑대들은 공연한 싸움은 피할 것이다.

감정을 건드려야 한다. 대부분의 늑대들은 우두머리의 명령을 절대적으로 따른다. 우두머리는 자부심이 강하다. 우두머리는 무시당했다고 느끼는 순간 결코 물러서지 않을 것이다. 무조건 절벽 쪽으로 달아날 게 아니라 아슬아슬하게 요리조리 달아나면서 신경을 긁어줘야 한다.

마침내 약이 오른 회색 늑대의 우두머리는 전격적인 추격을 명령했다. 회색 늑대들은 일제히 금빛 늑대와 갈색 늑대를 뒤쫓기 시작했다. 금빛 늑대와 갈색 늑대는 이제 속도를 내면서 마치 호수 건너로 달아나려는 듯이 절벽을 향해 달렸다.

회색 늑대들은 전력으로 쫓느라 절벽 사이에 난 좁은 길로 들어설 때쯤에는 거의 일렬로 늘어서게 되었다. 한쪽은 호수를 향한 낭떠러지고 한쪽은 위로 비스듬하게 치솟은 절벽이다. 그 사이의 좁은 길에서는 어쩔 수 없이 일렬이 되고 만다.

금빛 늑대와 갈색 늑대는 절벽 사이로 난 좁은 길 한가운데서 갑자기 속도를 줄이고 몸을 돌렸다. 쫓아오던 회색 늑대들은 상대가 지쳐서 차라리 싸울 것을 선택한 줄 알고 크르렁대면서 싸울 태세를 갖추었다.

푸른 늑대와 나머지 늑대들은 위쪽에 몸을 낮추고 숨어 있었다. 바람이 호수에서 불어와 들킬 염려는 없었다. 점점 다가오는 회색 늑대들. 이제는 눈 바로 아래에 회색 늑대들의 등이 보였다.

푸른 늑대는 회색 늑대 무리들 가운데에서 우두머리를 찾으려고 눈을 번뜩였다. 우두머리는 우두머리를 알아본다. 그저 힘이 강하고 잘 싸운다고 해서 우두머리가 아니다. 우두머리는 지혜와 경험이 풍부하다. 한눈에 보아도 기세와 위엄이 남다르다.

푸른 늑대는 회색 늑대들 중에서 우두머리 늑대를 노리고 몸을 날렸다. 가파른 비탈이어서 위에서 아래로 내려가는 건 어렵지 않았다. 오히려 너무 빨리 내려가서 몸이 균형을 잃을까 걱정이다.

푸른 늑대가 회색 늑대들 중 우두머리 늑대를 덮치는 순간, 다른 늑대들도 일제히 회색 늑대들을 향해 돌진했다. 늑대와 늑대들은 서로를 향해 송곳니를 드러내면서 무섭게 뒤엉켜 싸우기 시작했다.

회색 늑대들의 우두머리는 덩치가 크고 송곳니와 앞발도 두툼하고 힘 있어 보였다. 시커먼 발톱은 웬만한 늑대들의 가죽을 단번에 찢어낼 정도로 강해 보였다.

푸른 늑대는 내려오는 기세 그대로 우두머리 늑대를 향해 달려들면서 그의 목덜미에 송곳니를 깊숙이 박았다. 우두머리 늑대는 몸을 돌리면서 푸른 늑대를 떨쳐내려고 했다.

"감히 내 목덜미를 물다니!"

우두머리 늑대는 분노로 자제력을 잃고 흥분해서 몸부림쳤다. 다른 때 같으면 냉정하게 판단하고 유리한 곳으로 일제히 후퇴하도록 명령한 다음 나중을 기약할 터인데, 분노는 우두머리 늑대를 위험으로 몰아갔다.

우두머리 늑대는 하얀 송곳니를 한껏 드러내면서 몸부림치는 힘으로 푸

른 늑대를 떨쳐내려고 했다.

푸른 늑대는 결코 그의 목덜미를 놓을 생각이 없다. 상대는 강하다. 그러나 상황이 나쁘면 통하지 않는다. 강하다는 것은 힘이 좋고 싸움을 잘한다는 뜻이지 죽지 않는다는 뜻은 아니다.

아무리 강한 늑대도 결국은 죽는다.

푸른 늑대는 목덜미를 문 채 우두머리 늑대의 뜨거운 피가 입속으로 흘러들어오는 것을 느꼈다. 힘을 주기에 충분하다. 송곳니가 빠져버릴 만큼 깊게 박은 상태로 힘껏 목을 놀려서 우두머리 늑대를 호숫가 절벽 쪽으로 팽개쳤다.

우두머리 늑대는 절벽 아래로 떨어지지 않으려고 길 가장자리의 나무 둥치에 발톱을 박고 버텼다. 푸른 늑대는 틈을 주지 않고 그의 발목을 물어버렸다.

우두머리 늑대가 고통과 분노로 온몸의 갈기를 세우면서 몸을 굽혀서

푸른 늑대의 머리를 물어뜯으려고 했다. 그러나 나무둥치에 박은 발톱을 뺄 수 없어서 머리는 물지 못하고 겨우 귀 끝을 물었을 뿐이다.

푸른 늑대는 한쪽 귀 끝 정도는 기꺼이 찢겨나가게 할 작정이었다. 깊게 물리지 않아서 앞발로 차버리면 충분히 떨어뜨릴 수 있다고 판단했다. 그래서 귀의 고통을 각오하고 힘껏 두 앞발을 이용해서 우두머리 늑대를 밀어냈다.

우두머리 늑대는 충격으로 나무둥치에 박았던 발톱이 빠지면서 아래로 떨어져내렸다. 우두머리 늑대의 울부짖음이 호수 위로 울려퍼졌다. 회색 털이 사방으로 흩어져 날렸다.

이미 회색 늑대들 대부분이 호수를 향해 떨어져내리고 있었다. 작전은 성공적이어서 피해는 노란 늑대 하나에 그쳤다. 노란 늑대는 꼬리를 물려서 피를 흘리고 있었다.

위험한 임무를 맡았던 금빛 늑대와 갈색 늑대는 상처 하나 입지 않았다. 민첩하고 강해서 아무런 피해를 입지 않았다. 그저 숨을 가쁘게 헐떡일 뿐이다.

모두가 지쳤고, 특히 푸른 늑대는 우두머리 늑대를 상대하느라 기진맥진했다. 그의 한쪽 귀는 찢겨나가 끝부분이 사라졌고 피가 계속 흘러내렸다.

"힘들지만 나머지를 끝내야 한다."

푸른 늑대는 지쳤고 동료들도 지쳤지만 그만두고 돌아설 수 없었다. 늑대는 복수를 꿈꾼다. 공격을 당하면 기가 죽는 게 아니라 언제고 앙갚음할 기회를 노린다.

새끼를 키우고 숫자를 늘려서 복수에 나선다. 젊고 튼튼한 늑대 무리가 되면 원수들을 몰아내고 사냥터를 다시 빼앗으려 나타난다.

늑대는 다른 동물에 물려 죽기보다 같은 늑대에 더 많이 물려 죽는다.

6

회색 늑대들은 우두머리와 동료들이 보이지 않고 대신 호수 건너의 늑대들이 모습을 드러내자 즉시 언덕 너머로 이동하기 시작했다.

멀리서 그 모습을 바라보던 푸른 늑대는 고개를 갸웃거렸다. 금빛 늑대가 곁에 와서 회색 늑대들의 움직임을 바라보다가 역시 고개를 갸웃거렸다.

"아이들이 없어."

아이들을 데리고 이동하지 않는 건 이상하다. 늑대는 결코 아이들을 포기하지 않는다. 아무리 위험한 순간이 와도 늑대들은 아이들을 남기고 달아나지 않는다. 일부는 아이들을 데리고 달아나고 일부는 적을 상대하면서 시간을 끌어서 기어이 아이들을 데리고 달아난다.

푸른 늑대는 순간적으로 큰일이 일어났음을 깨달았다. 늑대가 아이를 포기하는 순간은 단 한 가지 상황이다.

"인간이 왔었다."

결코 이길 수 없는 강력한 존재가 이곳에 왔었다. 그들은 따뜻해지기 시작하는 계절에 들이닥쳐서 늑대들을 위협해서 달아나게 하고, 그 사이에 동굴에서 어린 늑대들을 잡아간다.

인간에게 잡혀간 어린 늑대들은 다음 봄이 오기 전에 풀려난다. 어른 늑대가 되기 전에 모두 풀어주는 것이다. 이유는 명확하지 않다. 푸른 늑대도 가끔 거기에 대해서 의문이 들고는 했다.

"지금은 인간들이 올 때가 아니야."

푸른 늑대는 금빛 늑대의 의견도 일리는 있지만 지금 상황은 이상하다고 느꼈다. 추워지는 시기는 인간들이 늑대를 풀어줄 시기이지 잡으러 올 시기가 아닌 것은 맞다. 그러나 염탐을 할 때만 해도 아이들이 있었다.

"저 회색 늑대들은 우리를 피해 달아나는 게 아니야."

푸른 늑대는 주변을 둘러보았다. 우두머리와 주력이 모두 당했다고 해도 아이들을 두고 달아날 회색 늑대들이 아니다. 엄마 늑대들은 아이를 쉽게 포기하지 않는다.

탕! 굉음이 울렸다. 땅이 흔들리면서 새들이 푸드덕거리며 일제히 날아올랐다.

"인간이다."

푸른 늑대는 오던 길로 돌아서 달렸다. 금빛 늑대도 갈색 늑대도 푸른 늑대가 명령을 내리기도 전에 몸을 돌려 달리기 시작했다. 인간이 나타난 경우에는 무조건 달아나는 게 늑대들의 공통된 약속이다.

모두가 한 방향으로 달리지 않는다. 사방으로 흩어져 달린다. 이리저리 방향을 바꾸면서 달린다. 숲으로 달린다. 숲이 없으면 계곡으로 달린다. 물을 건너고 숨이 차면 바위 틈에서 쉰다.

탕탕! 굉음이 다시 울렸다. 달리다가 돌아보니 언덕 위로 향하던 회색 늑대 하나가 굴러떨어지는 게 보였다. 아직 푸른 늑대 일행을 본 건 아닌 듯하다.

"절벽 위로 달린다."

푸른 늑대는 평소의 약속이 아닌 새로운 작전을 실행했다. 절벽 위로

올라가서 달리면 인간의 시야에서 벗어날 수 있다. 올라가는 데 힘은 들지만 절벽 위의 숲은 아직 우거져 있고 비탈을 따라 호수 건너로 달아날 수 있다.

푸른 늑대의 명령에 따라 모두가 절벽으로 향했다.

7

호수 건너로 돌아오는 길은 유난히 힘들었다. 달이 다섯 번이나 떠오르는 시간이 걸렸고, 도중에 먹은 것이라고는 길을 잃고 무리에서 벗어난 순록 한 마리뿐이었다. 늑대 열둘이 먹기에는 턱없이 부족했지만 그 힘으로 버틸 수밖에 없었다.

늑대는 열을 발산하는 땀구멍이 없으므로 오래 달리기에 취약하지만 추울 때는 달라진다. 최고 속도로 심장이 터져서 죽을 때까지 달릴 수 있다. 마음만 먹으면 달리다가 죽을 수도 있다.

그러나 그렇게 속도를 낼 수 없었다. 일단 노출을 최대한 피하면서 달려야 했다. 인간들은 아주 멀리 볼 수 있다. 정확하게 볼 수도 있다. 어두운 밤에도 어김없이 작은 움직임을 알아챈다.

늑대에게는 그런 능력이 없다. 다른 동물들에 비해서는 냄새를 맡는 것도 멀리 보는 것도, 심지어 어두운 밤에 대낮처럼 환히 보는 것도 뛰어나다. 하지만 인간이 가지고 다니는 멀리 보는 도구와 비교할 수는 없다. 인간들은 그 도구를 긴 막대기 위에 꽂고 다니다가 아주 먼 거리에서 공격한다.

"인간들에게 들키지 않고 우리 영역으로 돌아간다."

푸른 늑대의 말은 긴 설명이 필요하지 않았다. 모두가 푸른 늑대가 하는 그대로 몸을 숨기면서 나무들 사이로 숨어서 달렸다. 다행히 인간들은 더 이상 쫓아오지 않는 것 같았다.

호수 북쪽 제자리로 돌아왔을 때는 모두가 지쳐서 각자의 동굴로 들어가 깊은 잠에 빠져들었다. 잠들지 못한 것은 푸른 늑대 뿐이었다.

다섯 번째 겨울이다. 마치 약속이라도 한 것처럼 정말 눈이 내리지 않는 겨울이다. 그런데 애써 회색 늑대들을 물리치고 차지하려던 천국과도 같은 사냥터는 인간들 때문에 포기할 수밖에 없었다.

"걱정 말아요. 다 잘될 거예요. 흩어져서 겨울을 보내면 되잖아요."

은빛 늑대는 푸른 늑대를 위로했지만 푸른 늑대는 이제 이 호수 북쪽에서 고통스러운 추위를 견딜 수밖에 없다는 걸 생각했다.

"흩어져서 추위를 이겨낼 수 없을지도 몰라."

"어째서요? 추위가 오면 언제나 그렇게 했잖아요?"

"아무도 살아남지 못할 거야."

"당신은 걱정이 너무 많아요. 극심한 추위는 매번 오지만 다들 살아남았어요."

푸른 늑대는 더 말하지 않았다. 늙은 푸른 늑대는 푸른 늑대에게 말해주었다.

"다섯 번째 겨울의 추위는 무서운 추위다. 좋은 사냥터를 확보하지 않으면 아무도 살아남지 못할 거다."

바로 그 다섯 번째 겨울이 닥쳐오고 있다. 그리고 그 징조는 곳곳에서 나타나고 있다. 먼저 다른 때처럼 추위보다 앞서 눈이 내리지 않는다. 눈이 내리지 않고 추위가 닥쳐오면 비가 내리지 않는 더운 날들과 같다.

힘든 날들이 이어지면 서로가 살아남기 위해서 온갖 짓을 다하게 되어 있다. 모두가 온갖 짓을 다하는 세상이 되면 늑대도 온갖 짓을 다해야 한다.

그럴 때 가장 유리한 건 인간이다. 인간은 추위를 이길 줄 안다. 밝게 빛나고 따뜻해지는 도구를 가지고 있다. 인간들에게 붙들려가서 살다가 풀려나온 떠돌이 늑대가 알려주었다.

" 인간들은 불이라는 도구를 가지고 있어. 언제라도 그걸 이용하지. 그러면 얼마나 따뜻한지 몰라. 우리는 추위를 이기기 위해 갓 잡은 사냥감의 뜨거운 피와 내장이 필요하지만, 인간들은 얼어붙은 고기도 언제든지 뜨겁게 만들어서 먹을 수 있다니까."

늑대에게는 없는 게 너무 많다.

8

바람도 불지 않는 추위가 닥쳤다. 늑대들은 동굴에서 움직이지 않았다. 동굴 안도 따뜻하지 않았다. 어린 푸른 늑대들은 은빛 늑대를 보챘다. 푸른 늑대의 입을 쳐다보기도 했다. 다른 때 같으면 잔뜩 먹고 와서 토해줄 것이다.

먹은 게 없다.

9

푸른 늑대는 동굴 입구를 막고 앉아 있었다. 그렇게 하면 안쪽의 은빛 늑대와 어린 푸른 늑대는 조금 덜 추울 것이다.

어린 푸른 늑대들은 하루종일 끙끙댔다. 배가 고프니까 은빛 늑대를 조르다가 다시 푸른 늑대를 바라보며 간절한 눈빛을 보냈다.

"아무래도 나가봐야 할 것 같아."

푸른 늑대는 은빛 늑대에게 말했다.

"지난겨울 기억하지? 물을 찾아다니다가 얼어죽은 들소 말이야."

"그런 행운을 기대하시는 거예요?"

"가만히 있으면 행운이 와도 모를 테니까."

푸른 늑대는 동굴을 나서서 산과 호수 사이에 펼쳐진 넓은 벌판을 천천히 돌아다녔다. 걸을 때 힘을 들이면 나중에 정작 힘을 써야 할 때 힘이 떨어질 수 있다. 배가 고프고 추울 때는 힘을 아껴야 한다.

한낮의 햇살은 반짝거렸지만 열기가 없었다. 해가 지고 달이 떠오르면 추위가 심해져서, 웬만한 추위에는 몸을 웅크리지 않는 푸른 늑대도 저절로 이제 그만 바위 밑이라도 찾아 들어가서 자고 싶어진다. 그러나 쉬려고 나선 길이 아니다. 달이 두 번 떠오르고 해가 다시 두 번이나 뜨고 지도록 호숫가를 배회했다.

세 번째 저녁이었다. 붉은 노을을 등지고 걷던 푸른 늑대는 그제야 바람결에 실려오는 붉은 여우의 냄새를 맡았다. 그다지 멀지 않은 곳이다.

푸른 늑대는 기대감으로 심장이 쿵쿵 뛰었다. 왜냐하면 바람이 자신을 향해 불어와서 가까이 접근할 때까지 붉은 여우는 알아차리지 못할 것이고, 어느 정도 거리가 좁혀지면 여우가 제아무리 빨리 달아나도 결국 지구력에서 처질 것이고, 결국 생을 포기하게 될 것이다.

푸른 늑대는 서서히 냄새 나는 쪽을 향해 속도를 내기 시작했다. 멀리 붉은 여우가 마른 흙 속을 노려보고 있었다. 붉은 여우는 냄새를 아주 잘 맡는다. 그런데 얕은 흙 속을 기어가고 있는 생쥐에 홀려서 푸른 늑대가 접근하는 것도 모르고 있다.

붉은 여우는 펄쩍 뛰었다가 흙 속으로 곤두박질했다. 작은 생쥐 하나를 입에 물고 의기양양해서 고개를 쳐들었다. 그리고 그제야 뭔가 실수한 것을 깨닫고 생쥐를 입에 문 채 달리기 시작했다.

'너도 어지간히 배가 고프구나. 이 와중에도 입에 문 새앙쥐를 놓지 못하다니.'

푸른 늑대는 속도를 내서 달리기 시작했다. 붉은 여우는 재빠르다. 거리가 좁혀지지 않았다. 푸른 늑대는 조바심을 내지 않고 일정한 속도로 붉은 여우를 쫓았다. 붉은 여우는 점점 속도를 줄였다. 지금쯤 심장이 터질 것 같고 호흡이 어렵고 네발은 허공을 밟는 것처럼 어지러울 것이다.

푸른 늑대는 힘을 모아서 내달렸다. 바람보다 빨리 달려서 붉은 여우의 꼬리를 낚아챘다. 붉은 여우는 푸른 늑대의 이빨에 꼬리를 물린 채 허공으로 떠올랐다가 멀리 나가떨어졌다. 다시 일어나려고 했지만 이미 전의를 상실한 상태인지라 얼어붙은 땅바닥에서 허우적댈 뿐이었다. 다가가서 보니 이미 뒷다리 하나가 부러졌다.

푸른 늑대는 붉은 여우의 목을 물어 숨통을 끊었다. 아직 식지 않은 붉은 여우의 체온이 느껴졌다. 축 늘어진 붉은 여우를 입에 물고 영역으로 돌아가려고 몸을 돌렸다.

순간 푸른 늑대는 익숙한 냄새를 맡았다. 그 냄새는 산기슭에서 나는

냄새였다. 노란 늑대가 틀림없다. 혼자 어린아이를 키우며 사는 외톨이 늑대였지만 무리에서 자기 맡은 일을 잘 해내면서 열심히 살아가는 늑대였다.

푸른 늑대는 냄새를 따라 산과 산 사이의 계곡으로 들어섰다. 계곡에서 산으로 오르는 길목에서 노란 늑대가 숨을 헐떡이며 제자리걸음을 하고 있었다. 등덜미에서 피가 흘러내리다가 굳은 피딱지가 검붉었다.

"이봐, 어떻게 된 거야?"

푸른 늑대가 다가가며 물었다. 노란 늑대는 푸른 늑대를 발견하더니 그대로 그 자리에 엎드려버렸다. 이미 생을 포기한 듯한 모습이었다.

"누구와 싸운 거야?"
"싸운 게 아니야. 사냥개에 물렸어."
"사냥개라니?"

푸른 늑대는 깜짝 놀랐다. 호수 위까지 인간이 왔었던가. 그런데 자신은 어째서 몰랐는지 이해할 수가 없다.

"그게 아니야. 내가 호수를 건너갔었어."
"저런, 바보같이!"
"어쩔 수 없었어. 내 아이가 지금……."

푸른 늑대는 노란 늑대를 이해했다. 어미로서 인간이 있는 곳에라도 가야만 했던 심정을 충분히 헤아릴 수 있었다. 그나마 여기까지 달아날 수 있었던 것은 네발이 멀쩡해서일 것이다. 등에서 피가 나오다 멈춘 것을 보아서는 그다지 크게 다친 것 같지는 않다. 다만 이제 지친 것일 뿐.

"내장을 먹어."

푸른 늑대는 입에 물고 있던 붉은 여우를 노란 늑대 앞에 내려놓았다. 아직은 식지 않은 여우의 내장은 노란 늑대에게 힘을 줄 것이다.

노란 늑대는 힘겹게 몸을 일으켜 여우의 내장을 한 입 베어 물었다. 뜨거운 기름과 피가 목을 타고 넘어가자 눈에 생기가 돌고 다리에 힘이 들어갔다.

"한 입만 더 허용할게. 나도 은빛 늑대와 어린 푸른 늑대가 기다려."

노란 늑대는 한 번 더 베어 물었다.

10

푸른 늑대는 내장이 없는 붉은 여우를 동굴 안에 내려놓았다. 어린 푸른 늑대들이 달려들었다. 은빛 늑대는 푸른 늑대를 쳐다보았다. 한눈에 보아도 푸른 늑대는 내장을 먹지 않은 듯했다.

"내장은 누가 먹었어요?"

"노란 늑대와 어린 노란 늑대."

푸른 늑대는 더 말하지 않고 동굴 입구로 가서 길게 드러누웠다. 배가 고팠지만 은빛 늑대와 어린 푸른 늑대가 다 먹은 뒤에 남는 뼈와 가죽을 먹을 작정이다.

동굴 밖은 새벽안개로 자욱했다. 오늘도 맑은 날이겠구나. 눈은 내리지 않겠구나.

11

다시 굶주림에 시달리는 날이 계속되었다. 사냥을 나가도 새앙쥐 한 마리 건질 수 없었다. 얼어붙고 메마른 땅에 움직이는 거라고는 아무것도 없었다. 이제는 바람에 흩날릴 풀 한 포기 없다.

만일 이대로 눈 내리지 않는 추위가 길게 이어진다면 봄이 오기 전에 모두가 굶어죽을 것이다. 어린 늑대들부터 차례로 죽어나갈 것이다. 그런데 어찌 해볼 도리가 없다. 바짝바짝 죽음이 다가오고 있다.

금빛 늑대가 찾아왔다.

12

　금빛 늑대는 갈색 늑대를 만나러 가자고 했다. 푸른 늑대는 금빛 늑대
가 마침내 견디지 못하고 나선 거라고 생각했다.

　갈색 늑대가 나타나고, 셋이 모여서 어떻게 해서든 먹을 것을 구해야
한다고 의논하고 있을 때 다른 늑대들도 하나둘 모여들기 시작했다.

　"호수가 꽁꽁 얼었어."

　금빛 늑대가 왜 호수의 얼음에 대해서 말하는지 모두가 이해했다. 호
수가 얼 만큼 심한 추위가 오면 인간들은 물을 구하기 위해 호수로 온다.
얼음을 깨서 순록과 소에게 물을 먹인다.

순록이 먹을 풀은 미리미리 비축해둔다. 그러나 추운 날들 내내 인간과 순록이 마실 물을 비축해두기는 어렵다. 눈이 내리지 않으면 혹독한 추위 속에서 물을 찾아야 하는 건 인간도 늑대도 같다.

"인간과 사는 순록을 노리는 거야?"

모두가 푸른 늑대를 바라보았다. 인간과 함께 있는 순록을 노린다는 건 엄청난 위험을 각오해야 하는 일이다. 자칫하면 거꾸로 사냥을 당할 수도 있다.

"이대로 죽을 수는 없어."

갈색 늑대는 푸른 늑대를 바라보면서 동의를 구했다. 푸른 늑대는 망설였다. 늙은 푸른 늑대는 푸른 늑대에게 절대로 인간과 대적해서는 안 된다고 수도 없이 말했다.

"인간은 절대 이길 수 없고 인간에게 쫓기면 벗어나기 힘들다. 인간은 도구를 이용하고 끈기가 있고 머리가 좋다. 인간이 있는 곳을 피해야 하고, 운이 없어서 마주치면 최대한 달아나야 한다."

지금은 어떤가?

푸른 늑대는 눈을 들어 주위를 둘러보았다. 사방 어디에도 얼어붙지 않은 것은 없다. 하늘에서 땅까지 꽁꽁 얼어붙었다. 나무도 얼어서 시커먼 색이다. 바람도 얼어붙은 느낌이다.

"인간과 싸우는 게 아니다. 죽음과 싸운다."

푸른 늑대는 결심했다.

13

순록을 사냥하려면 먼저 인간과 순록이 서로 헤어지게 만들어야 한다. 순록은 힘이 세기 때문에 여럿이 달려들어야 겨우 사냥할 수 있는 상대다. 그런데 인간까지 곁에 있으면 사냥할 방법이 없다.

푸른 늑대는 금빛 늑대와 갈색 늑대를 따로 불러서 자신의 생각을 알렸다.

"내가 없어도 순록을 사냥할 수 있겠지?"

금빛 늑대와 갈색 늑대는 아연실색했다. 푸른 늑대의 의도를 알았기 때문이다. 인간을 유인하기 위해 위협하고 달아나고 다시 위협하는 위험한 행동을 결행한다는 의미였다. 가장 위험한 행동이기에 푸른 늑대 스스로

나서려는 것을 알았다.

"그걸 왜 대장이 해야 한다는 거야?"

"대장은 그런 위험에 빠지면 안 돼."

금빛 늑대와 갈색 늑대는 단호하게 반대했다. 아마도 무리들 중에서 푸른 늑대에게 대놓고 반대 의견을 내놓을 수 있는 늑대는 금빛 늑대와 갈색 늑대뿐일 것이다. 은빛 늑대조차도 조언을 할 뿐 반대 의견을 내놓은 적은 없다.

"내가 가장 잘할 수 있으니까."

푸른 늑대는 금빛 늑대와 갈색 늑대를 번갈아 보며 설득했다. 확실하게 설득해야 뒤탈이 없다. 항상 자신을 지지해주고 도와주던 형제와 친구였지만 이제는 둘 중 하나가 우두머리가 되어야만 한다.

"인간을 유인하려면 죽음을 각오해야 해. 대장이 죽어버리면 우리는 이번 추위를 이겨낼 수 없을지도 몰라."

"잊었어? 유인하는 거라면 저번에도 호수 너머에서 회색 늑대들을 우리가 아주 멋지게 유인했잖아?"

인간을 유인하자면 무시무시한 도구에 당할 확률이 아주 높다. 금빛 늑대와 갈색 늑대는 그 위험을 너무 잘 알았다.

"이봐, 친구들. 너희들이 걱정하는 바로 그 부분에서 내가 최고라는 말이야. 내가 인간을 유인하고도 무시무시한 도구를 피해 달아나는 데 가장 뛰어나다는 말이야."

금빛 늑대와 갈색 늑대는 잠시 둘만의 시간을 가졌다. 그러고는 다시 푸른 늑대에게 자신들의 계획을 전했다. 특히 금빛 늑대가 자신에 차서 말했다.

"우리 둘은 서로를 도우면서 행동하는 데 강해. 서로가 같은 늑대인 것처럼 행동할 수가 있지. 게다가 우리 둘은 털 색깔이 비슷하잖아. 인간의 눈으로는 우리 둘을 구분하기 어려울 거야. 그러니까 우리가 마치 하나인 것처럼 행동하면 인간은 당황스러울 거야."

푸른 늑대는 갈색 늑대를 돌아보았다. 너도 그렇게 생각하느냐고 묻는 눈빛이었다. 갈색 늑대가 당당한 눈빛으로 푸른 늑대의 눈빛을 맞받았다.

"우린 이미 계획을 짜고 연습도 해봤어."

푸른 늑대는 금빛 늑대와 갈색 늑대를 인정하기로 했다. 어쩌면 자신

의 결정으로 인해 두 친구의 목숨이 위태로워질 수도 있지만 결정해야

만 했다.

죽음은 피하는 게 아니다. 마주 보는 것이다.

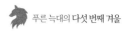

14

한낮이지만 햇빛은 약했다. 우중충한 하늘에서 내리나 마나 한 눈발이 내려오다가 바람에 휘날려 사라졌다. 눈이 쌓이지 않는 추위에 물을 모을 수 없는 날들이 이레 동안 계속되었다.

푸른 늑대는 친구들을 불러모았다. 어린 늑대들은 모두 커다란 동굴 안으로 몰아넣고 은빛 늑대 혼자 지키게 했다. 은빛 늑대와 어린 늑대들을 위해서 들쥐 몇 마리를 잡아서 비축해두었다. 이번 일이 오래 걸리면 굶주림을 겪을 테지만 당장 구할 수 있는 건 그게 최선이었다.

푸른 늑대는 호수가 잘 보이는 숲으로 가서 마른 나무들 사이에 몸을 숨겼다. 적당한 거리가 중요하다. 너무 가까우면 순록들이 냄새를 맡을 것이고 너무 멀면 습격하기가 어려워진다. 바람은 호수에서 숲으로 불어왔다. 아주 좋다.

숲에서 호수를 바라보며 밤을 두 번 지냈다. 추위와 굶주림으로 인내심이 바닥이 날 판이었다. 푸른 늑대는 포기하지 않고 기다렸다. 친구들도 푸른 늑대를 믿고 모두가 조용히 기다려주었다.

금빛 늑대와 갈색 늑대는 따로 행동했다. 인간이 순록을 끌고 올 길목 적당한 곳에 숨어 때를 기다리고 있었다.

세 번째 아침. 마침내 호수 먼 곳으로부터 금빛 늑대의 긴 울음소리가 들려왔다. 갈색 늑대의 울음소리도 울려퍼졌다. 늑대들은 서로 다른 울음소리라는 걸 눈치챘겠지만 인간은 구분하지 못할 것이다.

금방 순록 냄새와 말 냄새가 어우러져서 바람을 타고 풍겨왔다. 냄새가 점점 더 짙어졌다. 갖가지 냄새가 어우러져서 코를 자극했다.

멀리 순록 떼와 말 둘과 인간 둘이 보였다. 두 인간은 말을 타고 순록을 호수 쪽으로 몰았다. 한 인간은 긴 장대를 들고 있었고 다른 한 인간은 무시무시한 도구를 언제라도 사용할 수 있게 들고 있었다.

인간들은 말에서 커다란 도구를 내리더니 여기저기 호수의 얼음을 깨고 다녔다.

금빛 늑대는 갈색 늑대를 돌아보았다. 갈색 늑대가 몸을 더 낮게 움츠렸다.

"아직 아니다."

순록 떼는 호숫가로 가서 물을 먹기 시작하고 두 인간은 말에서 커다란 통을 내렸다. 물을 먹고 물을 통에 퍼 담았다.

"지금!"

기회를 놓치지 않고 금빛 늑대가 순록 떼 뒤쪽에 번개처럼 나타났다. 마치 땅에서 솟은 듯 갑자기 나타난 것이다.

순록 떼가 놀라서 술렁였다. 인간들도 놀라서 한 인간은 소리를 지르고 한 인간은 무시무시한 도구를 금빛 늑대에게 겨누었다.

그 순간, 갈색 늑대가 순록 떼를 향해 돌진했다. 화들짝 놀란 순록들이 방향을 가리지 않고 내달렸다. 평소라면 우왕좌왕하지 않는 순록들이다. 가장 먼저 우두머리 순록이 달리면 모든 순록이 일사불란하게 그 방향으로 달린다.

그러나 갈색 늑대의 갑작스러운 출현은 순록들을 당황하게 만들었다. 금빛 늑대를 피하려고 했는데 순록과 인간과 금빛 늑대 사이에서 갈색 늑대가 느닷없이 나타났기 때문이다.

94

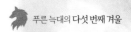

탕! 큰 소리가 울려퍼졌다. 두 인간은 급하게 말에 올라탔다. 한 인간
은 긴 장대를 휘두르면서 순록들이 숲 쪽으로 달리지 않게 하려고 안간
힘을 썼고, 다른 한 인간은 말 위에서 갈색 늑대를 향해 무시무시한 도구
를 겨누었다.

금빛 늑대가 과감하게 인간의 바로 코앞에서 순록 하나를 노리고 달려
드는 척했다. 장대를 든 인간은 소리를 지르며 금빛 늑대를 향해 말을 몰
았다. 금빛 늑대는 장대 정도는 두려워하지 않았다. 더 과감하게 순록들
사이로 들어갔다.

순록은 뿔이 무섭고 말은 뒷발이 무섭다. 아차 하는 순간에 뼈가 부러
지거나 내장이 터진다. 금빛 늑대는 빠르고 강하고 겁이 없었다. 누구보
다도 자기 역할에 자신이 있었다. 인간과 순록과 늑대가 혼란 속으로 빠
져들었다.

무시무시한 도구를 든 인간은 또 다른 방향에서 갈색 늑대를 발견하

고 말을 달리면서 그 도구를 겨누었다. 갈색 늑대는 숲과 반대 방향으로 달렸다. 인간은 말을 몰아서 갈색 늑대를 쫓으면서 무시무시한 도구를 겨누었다.

말은 늑대와 달리 위아래로 심하게 움직이면서 달린다. 그러니까 인간은 빨리 쫓으면서 무시무시한 도구를 사용하기 힘들다. 무서운 소리가 몇 번이고 들렸지만 갈색 늑대를 맞힐 수는 없었다.

말은 늑대보다 빠르게 달린다. 갈색 늑대와 인간의 사이가 좁혀지면 갈색 늑대가 위험하다. 금빛 늑대는 순록들을 포기하고 말을 향해 달려들었다. 말을 향해 달려들면서 송곳니로 힘껏 말의 옆구리를 찢었다.

말은 피를 흘리면서 앞발을 쳐들었고 인간은 말에서 굴러떨어졌다. 갈색 늑대와 금빛 늑대는 달리기를 멈추고 다시 순록들을 향해 달려들었다. 인간은 말에서 떨어지고도 무시무시한 도구를 집어들어 갈색 늑대를 겨누었다. 금빛 늑대가 다른 방향에서 이빨을 한껏 드러내며 인간을 위협

했다. 인간은 금빛 늑대를 향해 몸을 돌렸다. 갈색 늑대가 쏜살같이 인간의 등을 향해 달려들었다.

탕! 커다란 소리가 울려퍼지면서 인간과 늑대가 같이 뒹굴었다. 갈색 늑대였다. 다른 방향에서 장대를 든 인간이 말을 몰아 달려오면서 소리쳤다. 갈색 늑대는 몸을 일으켜서 달아나기 시작했다. 넘어진 인간은 무시무시한 도구를 장대를 든 인간에게 던졌다. 장대를 들었던 인간은 장대를 버리고 무시무시한 도구를 잡았다.

탕탕! 연달아 커다란 소리가 울려퍼졌다. 갈색 늑대는 숲과 반대 방향으로 달아났다. 금빛 늑대는 아직도 순록들을 위협했다. 순록들은 우왕좌왕하면서 그중 몇이 숲을 향해 달렸다.

숲속의 늑대들은 달려나가고 싶어서 으르렁거렸다. 그러나 푸른 늑대는 허락하지 않았다.

"안 돼."

푸른 늑대는 이미 결정을 내린 터였다.

"숲으로 들어오는 순록만 잡는다. 욕심내지 마라."

순록들이 숲으로 들어오기 시작했다. 말을 탄 인간은 갈색 늑대를 쫓고, 금빛 늑대는 무시무시한 도구 대신 장대를 집어든 인간과 맞섰다. 순록들은 공포에 질려서 숲속을 이리저리 달렸다.

"잡아라!"

푸른 늑대는 순록 하나를 향해 쏜살같이 달려나갔다. 푸른 늑대의 공격을 신호로 늑대들은 일제히 순록을 향해 달려들었다. 미리 조를 짜놓은 대로 순록 하나에 늑대 넷이 달려들었다.

늘대 둘이 순록의 머리 쪽에서 위협하면 나머지 둘은 뒤에서 다리를 물고 늘어지는 수법이었다. 순록들이 피를 흘리며 여기저기서 넘어지기 시작했다.

인간들은 그제야 일이 잘못되었음을 깨닫고 숲으로 쫓아오고 싶어했지만, 금빛 늑대와 갈색 늑대는 서로 교대하면서 말을 탄 인간을 혼란스럽게 했다. 말을 탄 인간은 갈색 늑대에게 화가 나서 오로지 갈색 늑대만을 쫓았다. 장대를 든 인간은 무시무시한 도구 없이 늑대와 맞설 용기가 없는지 호숫가로 물러나면서 소리만 질러댔다.

말을 타고 달리던 인간도 다시 호숫가로 돌아갔다. 더 이상 무서운 소리는 나지 않았다. 인간들은 호숫가에서 흩어지지 않은 순록들을 지키기로 결정한 듯 보였다.

푸른 늑대는 갈색 늑대와 금빛 늑대에게 신호를 보냈다. 이제 그만 숲으로 돌아오라는 신호였다. 이미 다른 늑대들은 양껏 순록의 내장을 먹

고, 돌아가서 어린 늑대들에게 먹일 것까지 삼켜두었다. 삼킨 것을 소화시
키지 않고 도로 토해내면 어린 늑대들 모두 배불리 먹일 수 있다.

　금빛 늑대가 달려왔다. 갈색 늑대가 보이지 않는다. 푸른 늑대는 불길한
예감이 들어서 금빛 늑대를 바라보았다. 금빛 늑대는 아무 대꾸도 없이 쓰
러져 있는 순록에게 다가가 뜨거운 김이 나는 내장을 베어 물었다.

　푸른 늑대는 갈색 늑대가 떠났음을 알았다.

15

식량을 멀리까지 옮기는 일은 쉽지 않다. 각자가 하나씩 챙겨서 동굴까지 끌고 가는 일은 시간과 체력을 많이 허비하는 일이다. 그래서 적당한 거리를 이동하고는 작은 덩어리들만 입에 물고 돌아가기로 했다.

"지체하면 안 된다. 최대한 빨리 사라진다."

푸른 늑대는 인간들이 회색 늑대들이 한 짓으로 오해하기를 바랐다. 멀리서 온 늑대들이라고 생각하지 못했으면 했다. 그래서 최대한 빨리 사라지려고 마음먹었다.

늑대는 복수를 한다. 시간이 얼마나 지나든 받은 수모를 갚아주는 게 늑대의 속성이다. 인간들은 자기들이 회색 늑대들의 어린 늑대들을 잡아간 데에 대한 복수로 알 수도 있다.

푸른 늑대와 무리들은 욕심 내지 않고 속도를 늦추는 식량 덩어리를 포기한 덕분에 순식간에 호수를 건넜다. 꽁꽁 얼어붙은 호수는 미끄럽기는 하지만 빨리 이동하게 해주었다.

인간은 아주 빨리 돌아온다. 그들은 빠르게 이동하는 도구를 말처럼 타고 다닌다. 푸른 늑대는 그들이 돌아오기 전에 완벽하게 자취를 감추어야 한다고 생각해서 친구들을 재촉했다.

늑대들은 영역으로 돌아와서 어린 늑대들에게 고기를 토해서 먹인 뒤어린 늑대들을 데리고 각자의 동굴로 돌아갔다. 당분간은 이대로 버틸 수도 있을 것 같다. 푸른 늑대도 은빛 늑대에게 물고 온 고기를 주고 어린 푸른 늑대에게는 삼켰던 고기를 토해서 먹였다.

그리고 고깃덩이 하나를 물고 갈색 늑대의 동굴로 갔다. 어린 갈색 늑대들이 놀라서 푸른 늑대를 바라보았다. 푸른 늑대는 아무 말 없이 고깃덩이를 내려놓았다.

돌아서는데 금빛 늑대도 고깃덩이를 물고 오고 있었다. 서로 눈이 마주쳤지만 아무 말도 하지 않았다. 그저 묵묵히 서로를 스쳐 지나갈 뿐이다.

늑대는 슬퍼하지 않는다. 다만 받아들일 뿐.

16

눈은 여전히 내리지 않고 마른 추위는 계속될 것이다. 추위가 지나가려
면 아직 멀었는데 이제 다음 고비는 또 어떻게 넘길 것인가.

다음 일은 다음에 걱정하기로 하고 당분간은 푹 쉬고 싶었다. 몸은 오
랜만에 먹은 뜨끈한 내장과 피 덕분에 활기가 돌았지만 갈색 늑대를 떠
나보낸 사실이 푸른 늑대를 피곤하게 했다.

"오래 자야겠어."

푸른 늑대는 은빛 늑대의 옆구리에 머리를 묻고 깊은 잠에 빠져들었다.

17

"눈이 내려요."

은빛 늑대가 알려주었다. 푸른 늑대는 천천히 동굴 입구로 나가서 밖을 내다보았다. 정말 하늘에서 탐스러운 눈송이들이 떨어져내렸다.

"징조가 좋군."

푸른 늑대는 만족했다. 사실 인간들이 혹시나 자기들 짓이라는 걸 알고 호수를 건너올까 두려웠다. 며칠을 그런 불안 속에서 지냈는데 눈이 내려 주면 인간들은 움직이지 않을 것이다.

눈이 내린다는 건 추위도 어느 정도 물러간다는 뜻이다. 그동안 만일을 생각해서 교대로 영역의 가장자리를 지키게 했다. 여기저기 감추어둔 식량도 찾아서 먹을 겸 수시로 순찰도 돌게 했다.

감추어둔 식량을 탐내는 다른 종족은 기껏해야 여우 정도다. 가장 막강한 상대인 곰은 일찌감치 겨울잠에 들었다. 어쩌다 미친 척하고 반쯤 자는 상태로 나올 때도 있지만 위협은 되지 않는다.

인간만 나타나지 않으면 이번 겨울이 끝나도록 편안할 수 있다. 다섯 번째 겨울을 무난히 넘기는 것이다.

푸른 늑대는 동굴을 나와 눈을 맞았다.

우우우. 그때 어디선가 금빛 늑대의 울음소리가 들려왔다. 위험 신호
다. 가장 급박할 때 내는 소리다. 무슨 일인지 알아볼 것도 없이 달아나라
는 신호다. 모두가 달아나라는 신호는 딱 한 가지 경우만 해당된다.

"인간이 나타났다."

푸른 늑대는 벌써 각자의 동굴에서 튀어나오는 다른 늑대들을 보았다. 늑대들은 굴 앞에 나와서 푸른 늑대를 바라보았다. 의견을 묻고 있다.

푸른 늑대는 모두를 향해 길고 높게 확실한 신호를 보냈다. 달아난다. 무조건 달아난다. 흩어지지 말고 나를 따라 뛰어라.

푸른 늑대는 은빛 늑대와 어린 푸른 늑대를 데리고 해가 지는 쪽으로 달렸다. 정확하게 말하면 가장 큰 별이 떠오르는 쪽과 해가 떠오르는 쪽의 중간쯤이다. 그곳에 거대한 산이 있다. 바람이 그쪽으로 불기 때문에 그곳으로 길을 잡았다. 달아날 때는 언제나 바람을 등지는 게 좋다.

멀리서 컹컹 개 짖는 소리가 들려왔다. 말발굽 소리가 들려오지 않는 것으로 보아서 아직 가까이 오지는 못했다. 산까지는 제법 먼 거리지만 서둘러 달아나면 눈보라 속에 종적을 감출 수 있다. 은빛 늑대와 어린 푸른 늑대가 따라오는 걸 확인하면서 산을 향해 달렸다.

　무서운 소리가 연달아 울려퍼졌다. 말발굽 소리가 아니라 커다란 도구의 소리가 들려왔다. 인간들이 타고 다니는 말하고는 전혀 다른 도구가 내는 소리다. 이 세상 어떤 동물보다 빨리 달리는 도구.

　늑대들은 당황했다. 금빛 늑대의 울음소리도 끊어졌다. 푸른 늑대는 다른 늑대들을 향해 신호를 보냈다. 눈보라 속에서도 잘 들리도록 내는 높고 짧은 울음소리는 인간도 들을 수밖에 없다. 그래도 신호를 보내주어만 했다.

　신호는 간단했다.

　"계획을 바꾼다. 흩어져라. 최대한 서로에게서 멀어져라."

　물론 가족 단위로 흩어지는 걸 의미한다. 셋이나 넷, 아니면 다섯으로 나뉜 늑대들은 방향을 가릴 것 없이 흩어져 내달렸다.

확률의 문제다. 무리가 많이 나뉠수록 많이 살아남을 것이다. 인간들의 숫자는 한계가 있다. 언제나 그랬다. 뛰어난 도구를 내세워서 늑대를 사냥하지만 늑대에 비해서 숫자가 적다.

푸른 늑대는 산기슭 언덕에 잠시 멈춰서서 뒤를 돌아보았다. 모두 네 개의 도구에 스물도 넘는 인간이 타고 왔다. 사냥개도 스무 마리 정도 보였다.

대대적인 사냥에 나선 것을 알 수 있었다. 쫓는 쪽과 쫓기는 쪽의 숫자가 같은 게 아니다. 위협적인 사냥개만 해도 두 배 가까이 된다. 게다가 평소와 달리 모든 인간이 무시무시한 도구를 가지고 있다. 그리고 인간은 느리지만 사냥개는 빠르다.

탕! 탕탕! 탕! 탕!

총소리가 연달아 울려퍼졌다. 멀리 산기슭으로 달리던 금빛 늑대가 굴러떨어지는 걸 보았다. 푸른 늑대는 계곡으로 들어가야 한다고 판단했다.

계곡은 길이 험하다. 어린 푸른 늑대들을 돌아보니 뾰족하게 깎아지른 바위들에 겁을 먹은 것 같다. 은빛 늑대의 재촉에도 이리저리 다른 길을 찾아 서성거렸다.

"똑바로 올라와라."

푸른 늑대는 어린 푸른 늑대들을 무섭게 노려보았다.

"너희들은 늑대다. 늑대는 두려움을 모른다. 늑대가 움츠러들면 더 이상 늑대가 아니다. 똑바로 보아라. 그리고 똑바로 달려들어라."

어린 푸른 늑대들은 앞서거니 뒤서거니 바위로 올랐다. 떨어져 뒹굴고 다시 일어나서 올라왔다. 은빛 늑대는 뒤에서 어린 푸른 늑대들의 엉덩이

를 밀며 따라붙었다.

컹컹. 사냥개들이 짖는 소리가 들려왔다. 이미 길을 들킨 듯하다. 바람
이 더 거세게 불어주기를 바랐다. 눈보라가 심해지면 유리할 텐데. 개 짖
는 소리가 멀지 않다.

바람이 불었다. 내리던 눈이 바람에 밀리기 시작했다. 눈이 시야를 가려
유리하기도 했지만 바람이 산에서 호수를 향해 불어서 냄새를 감출 수가
없다. 겨울바람은 언제나 산에서 호수를 향해 분다.

컹컹! 멀지 않은 곳에서 개들이 짖었다. 은빛 늑대가 뒤를 돌아보았다.

"방향을 바꿀까요?"
"아니, 늦었어. 이 산을 넘어가야만 해."

푸른 늑대는 계곡을 곧장 넘어가기로 작정했다. 산을 오르기는 힘들지만 산을 높이 오르면 오를수록 인간들은 뒤처지게 되어 있다. 인간이 옆에 없는 사냥개들은 해볼 만하다.

"앞서서 가."

푸른 늑대는 은빛 늑대에게 말했다.

"같이 싸워야 해요."

은빛 늑대도 푸른 늑대만큼 경험이 풍부하고 용감하고 지혜롭다. 사냥개는 하나가 아니다. 짖는 소리로 알 수 있다. 짖는 소리가 아니라더도 인간이 나뉘었다면 인간도 둘, 사냥개도 둘이다.

"만일을 생각해야지. 날 믿어."

은빛 늑대는 푸른 늑대의 뜻을 알고 앞으로 나섰다. 길은 알고 있다. 무조건 산을 오르면 된다. 푸른 늑대는 사냥개들이 다가올 경우 혼자 상대하려는 것이다. 어린 푸른 늑대들 때문이다. 조금이라도 더 많이 올라가게 하려는 것이다.

어린 늑대들은 많이 지쳤다. 동굴 생활을 하면서 제대로 먹지 못한 상태였다. 어른인 푸른 늑대나 은빛 늑대도 달이 일곱 번 뜨도록 굶으면 생명의 위협을 느낀다. 그런데 달이 열 번을 뜨도록 물 말고는 먹은 게 없다.

"쉬지 마라. 달리다 죽어야 늑대다."

푸른 늑대는 어린 푸른 늑대들을 다그쳤다. 사실 달리다 죽는 것이 늑대만은 아니다. 순록도 달리다 죽는다. 모두가 죽음과 싸우기 위해 달린다. 멈추면 늑대는 굶어서 죽고 순록은 늑대에게 물려서 죽는다.

죽음은 그들이 멈추기를 기다린다.

18

푸른 늑대는 바위 위에 몸을 숨기고 기다렸다. 이제는 사냥개들의 냄새
가 확연하게 풍겨왔다. 바람을 등지고 있어도 알 수 있을 정도다.

첫 번째 사냥개를 단번에 해치워야 한다. 그래야 두 번째를 쉽게 상대
할 수 있다. 최악의 상황은 사냥개 둘을 동시에 상대하게 되는 경우다.

사냥개들이 나타났을 때 푸른 늑대는 적이 당황했다. 사냥개 둘이 나
란히 왔다. 순간적으로, 하나를 확실히 해치우는 동안 최소한만 당해주
겠다고 마음먹었다.

컹컹! 바위 아래 쪽으로 다가오는 사냥개를 노리고 있다가 더 가까이에 있는 사냥개를 향해 달려들었다. 번개처럼 달려들면서 사냥개의 목을 물었다. 사냥개는 덩치도 크고 힘이 좋다. 만일 늑대처럼 야생에서 산다면 이대일로 싸워서 이길 확률이 없는 상대다.

사냥개는 목을 물린 채로 발버둥치는데 힘이 좋아서 피를 뿜으면서도 쓰러지지 않았다. 푸른 늑대는 자신이 오랫동안 먹지 못했다는 걸 실감했다. 사냥개는 확실히 피와 지방을 충분히 먹고 체력을 비축한 것 같다.

푸른 늑대의 송곳니가 사냥개의 뼈까지 파고들었어도 아직 숨이 끊어지지 않았다. 그 사이에 다른 사냥개가 푸른 늑대의 뒷다리를 물었다.

뚝. 힘줄이 끊어지는 걸 느꼈다. 그래도 사냥개의 이빨이 뼈까지 박힌 것은 아니다. 턱의 힘으로 물고 뼈를 부술 수 있는 건 늑대뿐이다. 그래도 빨리 떼어내야 한다.

푸른 늑대는 이제 힘을 잃은 사냥개의 목을 놓고 몸을 돌렸다. 뒷다리

를 물렸지만 세차게 몸을 틀어서 사냥개를 떨쳐냈다. 사냥개도 만만치
않아서 송곳니가 다리에 박힌 채 떨어져나갔다.

뒷다리에서 피가 뿜어져나왔다. 가죽과 함께 근육도 떨어져나갔다. 푸
른 늑대는 멈추지 않고 몸을 돌린 상태에서 재빠르게 사냥개와 맞섰다.
눈과 눈이 정면으로 마주쳤다. 서로가 서로의 목숨을 노리는데 증오는
느껴지지 않는다. 서로가 서로에게 감정을 가질 수 없다. 그저 둘 중에 누
가 살고 누가 죽을 것인가, 그 현실만 존재한다.

사냥개가 슬쩍 뒤로 물러서려고 했다. 뒤에 인간이 온다는 걸 알고 하
는 행동이다. 푸른 늑대는 기회를 주지 않았다. 망설이지 않고 달려들었
다. 서로 부딪치면서 사냥개는 푸른 늑대의 목을 물려고 달려들었지만 빗
나가서 귀를 물었다. 푸른 늑대는 귀를 물려도 저번처럼 그저 빠져나오려
고 하지 않았다. 귀가 떨어져나갈 것 같은 고통을 참으면서 사냥개의 턱
아래로 송곳니를 들이밀었다.

뚝. 제대로 물었음을 느꼈다. 목뼈를 단단히 잡은 것이다. 귀 역시 단단히 물렸다. 힘이 좋았다. 귀가 찢어져도 좋다고 생각했다. 목에 최대한 힘을 주어서 순간적으로 고개를 틀었다.

뚜둑. 다시 목뼈 부러지는 소리가 났다. 그런데도 사냥개는 귀를 물고 놓지 않았다. 짙은 피 냄새 사이로 인간의 냄새가 섞여들었다. 정확하게 말하면 인간이 사용하는 무시무시한 도구에서 나는 냄새다.

아주 가깝다. 초조해진 푸른 늑대는 귀의 고통을 참고 뒤로 물러나려고 했다. 사냥개가 귀를 문 채 넘어졌다. 앞발로 사냥개를 누르고 뒤로 훌쩍 물러났다. 귀가 엄청난 고통과 함께 떨어져나갔다.

쓰러진 두 사냥개의 뜨거운 내장을 먹고 싶었다. 그러나 인간이 너무 지척에 있다. 순간 망설였다. 어떻게 할 것인가. 인간은 빨리 쫓아오지 못한다. 그러니까 따돌릴 수 있다.

재빠르게 사냥개 하나의 배를 물어뜯었다. 그리고 피와 함께 무럭무럭 김이 올라오는 내장을 한 입 베어 물었다. 순간적으로 온몸에 힘이 돌았다. 그 상태로 몸을 돌려 계곡을 따라 다시 달렸다.

정신 없이 위로 달리다가 문득 자신이 점점 비틀거린다는 걸 느꼈다. 뒷다리가 말을 듣지 않았다. 땅을 디딜 때마다 극심한 고통이 느껴졌다.

숨을 몰아쉬면서 뒤를 돌아보았다. 탕! 총소리가 들렸다. 푸른 늑대는 깜짝 놀랐다. 인간들이 사냥개들을 지나서 바짝 쫓아오고 있었다.

얼른 판단이 서지 않았다. 이대로 은빛 늑대와 어린 푸른 늑대들에게 가는 건 인간들을 안내하는 꼴이 된다. 다른 길로 가야 한다.

우우우. 낮게 신호를 보냈다.

"그냥 가. 내가 다른 데로 가야 할 것 같아."

그런데 바로 앞쪽에서 응답이 와서 당황했다. 어째서 이렇게 멀리 가지 못한 것일까. 사냥개들과 한참을 싸웠는데 이렇게 가깝다니.

"아이들이 지쳐서 가지 못하고 있어요."

푸른 늑대는 당황했다. 어린 푸른 늑대들이 지칠 만도 하다. 아무것도 먹지 못하고 계속 달렸으니 힘이 남아 있을 리 없다.

다시 힘을 냈다. 다리를 절면서 최대한 달려 올라갔다. 인간들은 눈보라 때문에 신호가 어디서 들리고 어디로 향했는지 모를 것이다. 그러나 푸른 늑대의 핏자국이 결국은 인간들을 안내하게 될 것이다.

그럼에도 불구하고 결정해야만 했다.

19

어린 푸른 늑대들은 주저앉은 채 숨을 헐떡이면서 일어나려고 하지 않았다. 은빛 늑대는 어린 푸른 늑대들의 목덜미와 귀를 물어뜯으면서 일어나라고 다그치고 있었다.

푸른 늑대는 은빛 늑대 앞에 가서 섰다. 은빛 늑대가 걱정스러운 눈길로 푸른 늑대를 바라보았다. 눈에 불안이 가득했다.

푸른 늑대는 은빛 늑대 앞에 길게 드러누웠다.

"절망하지 마."

"알아요. 하지만 그렇게 누워버리면 어떡해요?"

푸른 늑대는 은빛 늑대를 올려다보았다. 늑대는 절망하지 않는다. 마지막 순간에 죽음에게 졌을 때 죽을 뿐이다. 숨이 끊어지면서도 절망하지 않는다.

"난 더 못 가겠어."

은빛 늑대는 어린 푸른 늑대들을 돌아보았다.

"아이들도 더는 가지 못해요."
"인간이 오고 있어. 내가 다른 길로 가지 않은 이유를 알겠지?"

은빛 늑대가 멈칫하더니 뒤로 물러섰다. 늑대는 동료가 죽었을 때 어떻게 하는지 잘 안다. 희망이 없어 보일 때도 마찬가지다.

"그럴 수는 없어요."

"그래야 해. 그게 내가 여기까지 온 이유야. 당신도 아이들도 뜨거운 피와 기름이 필요해."

"그런 짓을 하게 만들고 싶지 않아요."

"그런 짓을 당신이 먼저 해. 그리고 저 산을 넘어. 인간은 산 너머로는 쫓아오지 않아. 내 아버지가 항상 내게 일러주던 말이야."

"싫어요."

은빛 늑대는 뒤로 물러섰다. 은빛 늑대의 그런 모습이 푸른 늑대를 화나게 했다. 인간은 벌써 바짝 쫓아왔을 것이다. 무시무시한 소리를 내는 도구가 어린 푸른 늑대들을 겨누고 있을 수도 있다.

"정신 차려. 너무 지쳐서 생각할 수가 없는 거야?"

은빛 늑대는 푸른 늑대를 지그시 바라보았다. 슬픈 표정은 아니다. 늑대는 울지 않는다. 늑대가 소리를 낼 때는 신호가 필요할 때뿐이다. 늑대는 슬퍼하지 않는다.

푸른 늑대가 다그쳤다.

"어서!"

은빛 늑대는 푸른 늑대에게 다가갔다. 그리고 그의 뺨에 자기 뺨을 대고 비볐다. 눈보라에 차가워진 몸이지만 여전히 더운 김이 서로에게 흘러들어 갔다.

"잘 가요."

은빛 늑대는 푸른 늑대의 목에 최대한 깊숙이 송곳니를 박았다. 조금이라도 빨리 고통 없이 떠나게 하려고 마음먹었다. 목뼈 전체를 입속에 넣고 힘차게 비틀었다.

뚝. 뼈가 이탈하는 소리가 들렸다. 더 힘껏 고개를 틀었다. 입을 떼자 푸른 늑대의 영혼이 떠나가는 긴 숨이 흘러나왔다. 두 눈동자는 하늘을 올려다보고 있었다.

은빛 늑대는 어린 푸른 늑대들이 당황해서 쳐다보는 것을 알면서도 태연히 푸른 늑대의 배로 가서 뱃가죽을 물어뜯었다. 뜨거운 피와 내장이 흘러나왔다.

은빛 늑대는 어린 푸른 늑대들을 노려보며 말했다.

"어서 뜨거운 피와 기름을 먹어라."

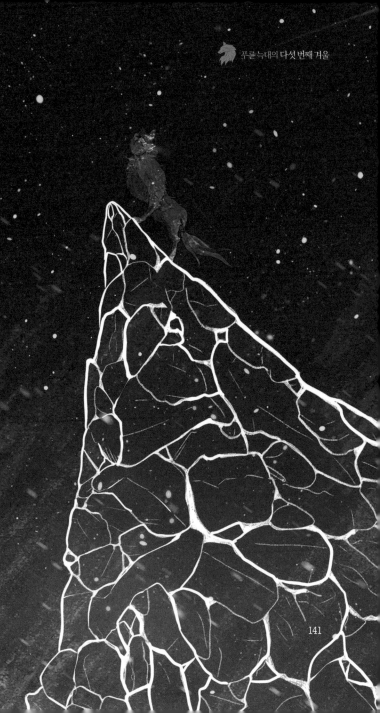

20

겨울이 다 지나가고 봄이 와서 호수 주변의 숲에 다시 풀이 자라고 꽃이 피어도 늑대의 신호 소리는 들리지 않았다. 붉은 곰과 순록과 토끼와 생쥐들이 마음껏 돌아다니는 여름에도 늑대들의 신호 소리는 들리지 않았다. 가을이 다시 오고 눈이 펑펑 내리는 따뜻하고 풍요로운 겨울에도 늑대들은 어디서도 보이지 않았다. 호수에서 늑대는 완전히 사라져버린 것 같았다.

　그리고 두 번째 겨울이 다가오는 어느 날 밤에 처음으로 늑대의 울음소리가 들려왔다. 호수가 내려다보이는 산언덕에서 들려오는 높고 긴 울음소리는 호수 전체에 울려퍼졌다.

　"늑대들은 돌아오라."

푸른 늑대의 다섯 번째 겨울

145

푸른 달빛이 내리는 하얀 설원 위로 늑대의 울음소리는 오래도록 울려퍼졌다.

"털을 태우는 뜨거운 해 아래에서 우리는 함께였고 숲이 꺾이고 휩쓸리는 거센 비바람 속에서 우리는 함께였다. 가을의 풍요로운 날에도 우리는 함께였고 마른 추위로 죽음이 코앞에 있던 다섯 번째 겨울에도 우리는 함께 살아남았다."

언덕 위에는 푸른 늑대가 서 있었다. 호수와 드넓은 벌판을 바라보며 푸른 늑대는 우렁차게 신호를 보냈다.

"늑대들은 이제 돌아오라."

넓은 설원의 여기저기에서 응답의 울음소리가 울려퍼졌다. 울음소리는 호수에 사는 모든 생명체가 잠에서 깨어나 긴장하게 만들었다.

푸른 늑대는 울음소리를 멈추고 뒤를 돌아보았다. 그의 형제인 검푸른 늑대가 늙은 은빛 늑대 옆에 서서 주변을 경계하고 있었다.

늙은 은빛 늑대는 자랑스럽게 푸른 늑대를 바라보았다. 떠난 푸른 늑대를 꼭 닮은 푸른 늑대는 고개를 숙여 몰려드는 늑대들을 바라보았다.

설원을 달려오는 늑대들은 떠나간 푸른 늑대와 은빛 늑대 사이에서 태어난 푸른 늑대를 알아보았다. 푸른 늑대도 그들을 알아보았다. 늑대들은 서로를 보면서 재회의 기쁨을 맛보았다.

모두가 어릴 때 아비의 피와 뼈를 먹고 살아남은 늑대들은 아비의 형상을 그대로 가지고 있었다. 금빛 늑대와 갈색 늑대와 노란 늑대는 건장하고 튼튼한 체구를 갖추고 있었다.

당당한 기세와 용맹스러운 눈빛을 가진 늑대들은 푸른 늑대에게로 가서 그를 우두머리로 받아들이기 위해 모여섰다.

푸른 늑대의 다섯 번째 겨울

푸른 늑대는 모여든 늑대들을 둘러보면서 말했다.

"우리는 조직을 갖추고 사냥을 시작해야 한다. 아이를 낳아서 수를 불리고 힘을 모아서 마른 추위를 대비해야 한다. 두 번의 겨울이 지났고 다섯 번째 겨울이 오면 우리는 다시 죽음을 마주할 것이다."

우우우우. 늑대들은 모두 푸른 늑대를 향해 환호했다. 검푸른 늑대도 은빛 늑대도 모두 머리를 쳐들고 밤하늘 높이 환호했다.

"나를 따르라."

푸른 늑대는 호수를 향해 달렸다. 그의 뒤를 따라서 늑대들이 달렸다.

검푸른 늑대는 고개를 돌려 은빛 늑대를 돌아보았다. 늙은 은빛 늑대가 고개를 끄덕였다.

"어서 가렴. 네 형제, 네 대장을 따라 달리렴."

검푸른 늑대는 푸른 늑대를 향해 달려갔다. 흰 눈밭에서 눈보라가 일어나고 늑대 무리들은 눈 덮인 호수를 가로질러 내달렸다.

두려움을 모르는 늑대들이 일으키는 두려움이 호수 너머까지 가득 찼다.

세상에서
가장 아름답고 특별한 가족 이야기

첫눈보다 네가 먼저 왔으면 좋겠다

호기심 많은 고양이 장미와 세상일에 무관심하고
두려움 많은 고양이 스미레, 그리고 인간의 교감을
담담하게 그려낸 작품.

손승휘 글 | 이재현 그림 | 문학 | 164쪽 | 12,000원

서로에 대한
믿음 하나로 뭉쳤다

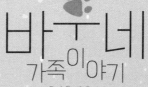

바우네 가족이야기

Bau's Family Story

바우를 중심으로 사랑과 믿음으로 한 가족이 된 7마리
유기견들이 역경을 헤쳐 나가는 생존기를 그린 작품.

손승휘 글 | 이재현 그림 | 문학 | 180쪽 | 12,800원

알아두면 잘난 척하기

영단어 하나로 역사, 문화, 상식의 바다를 항해한다

알아두면 잘난 척하기 딱 좋은 **영어잡학사전**

이 책은 영단어의 뿌리를 밝히고, 그 단어가 문화사적으로 어떻게 변모하고 파생되었는지 친절하게 설명해주는 인문교양서이다. 단어의 뿌리는 물론이고 그 줄기와 가지, 어원 속에 숨겨진 에피소드까지 재미있고 다양한 정보를 제공함으로써 영어를 느끼고 생각할 수 있게 한다.

영단어의 유래와 함께 그 시대의 역사와 문화, 가치를 아울러 조명하고 있는 이 책은 일종의 잡학사전이기도 하다. 영단어를 키워드로 하여 신화의 탄생, 세상을 떠들썩하게 했던 사건과 인물들, 그 역사적 배경과 의미 등 시대와 교감할 수 있는 온갖 지식들이 파노라마처럼 펼쳐진다.

김대웅 지음 | 인문·교양 | 452쪽 | 22,800원

본래 뜻을 찾아가는 우리말 나들이

알아두면 잘난 척하기 딱 좋은 **우리말 잡학사전**

'시치미를 뗀다'고 하는데 도대체 시치미는 무슨 뜻? 우리가 흔히 쓰는 천둥벌거숭이, 조바심, 젬병, 쪽도 못 쓰다 등의 말은 어떻게 나온 말일까? 강강술래가 이순신 장군이 고안한 놀이에서 나온 말이고, 행주치마는 권율장군의 행주대첩에서 나온 말이라는데 그것이 사실일까?

이 책은 이처럼 우리말이면서도 우리가 몰랐던 우리말의 참뜻을 명쾌하게 밝힌 정보사전이다. 일상생활에서 자주 쓰는 데 그 뜻을 잘 모르는 말, 어렴풋이 알고 있어 엉뚱한 데 갖다 붙이는 말, 알고 보면 굉장히 험한 뜻인데 아무렇지도 않게 여기는 말, 그 속뜻을 알고 나면 '아햏'하고 무릎을 치게 되는 말 등 1,045개의 표제어를 가나다순으로 정리하여 본뜻과 바뀐 뜻을 밝히고 보기글을 실어 누구나 쉽게 읽고 활용할 수 있도록 하였다.

이재운 외 엮음 | 인문·교양 | 552쪽 | 28,000원

철학자들은 왜 삐딱하게 생각할까?

알아두면 잘난 척하기 딱 좋은 **철학잡학사전**

사람들은 철학을 심오한 학문으로 여긴다. 또 생소하고 난해한 용어가 많기 때문에 철학을 대단한 학문으로 생각하면서도 두렵고 어렵게 느낀다. 이 점이 이 책을 집필한 의도다. 이 책의 가장 큰 미덕은 각 주제별로 내용을 간결하면서도 재미있게 설명한 점이다. 이 책은 철학의 본질, 철학자의 숨겨진 에피소드, 유명한 철학적 명제, 철학자들이 남긴 명언, 여러 철학 유파, 철학 용어들을 망라한, 그야말로 '세상 철학의 모든 것'을 다루었다. 어느 장을 펼치든 간결하고 쉬운 문장으로 풀이한 다양한 철학 이야기가 독자들에게 철학을 이해하는 기본 상식을 제공해준다. 아울러 철학은 우리 삶에 매우 가까이 있는 친근하고 실용적인 학문임을 알게 해준다.

왕잉(王颖) 지음 / 오혜원 옮김 | 인문·교양 | 324쪽 | 19,800원

딱 좋은 시리즈!

역사와 문화 상식의 지평을 넓혀주는 우리말 교양서

알아두면 잘난 척하기 딱 좋은 **우리말 어원사전**

이 책은 우리가 무심코 써왔던 말의 '기원'을 따져 그 의미를 헤아려본 '우리말 족보'와 같은 책이다. 한글과 한자어 그리고 토착화된 외래어를 우리말로 받아들여, 그 생성과 소멸의 과정을 추적해 밝힘으로써 올바른 언어관과 역사관을 갖추는 데 도움을 줄 뿐 아니라, 각각의 말이 타고난 생로병사의 길을 짚어봄으로써 당대 사회의 문화, 정치, 생활풍속 등을 폭넓게 이해할 수 있는 문화 교양서 구실을 톡톡히 하는 책이다.

이재운 외 엮음 | 인문·교양 | 552쪽 | 28,000원

인간과 사회를 바라보는 심박한 시선

알아두면 잘난 척하기 딱 좋은 **문화교양사전**

정보와 지식은 모자라면 불편하고 답답하지만 너무 넘쳐도 탈이다. 필요한 것을 골라내기도 힘들고, 넘치는 정보와 지식이 모두 유용한 것도 아니다. 어찌 보면 전혀 쓸모없는 허접스런 것들도 있고 정확성과 사실성이 모호한 것도 많다. 이 책은 독자들의 그러한 아쉬움을 조금이나마 해소시켜주고자 기획하였다.

최근 사회적으로 이슈가 되고 있는 갖가지 담론들과, 알아두면 유용하게 활용할 수 있는 현실적이고 실용적인 지식들을 중점적으로 담았다. 특히 누구나 알고 있을 교과서적 지식이나 일반상식 수준을 넘어서 꼭 알아둬야 할 만한 전문지식들을 구체적으로 자세하고 알기 쉽게 풀이했다.

김대웅 엮음 | 인문·교양 | 448쪽 | 22,800원

신화와 성서 속으로 떠나는 영어 오디세이

알아두면 잘난 척하기 딱 좋은
신화와 성서에서 유래한 영어표현사전

그리스·로마 신화나 성서는 국민 베스트셀러라 할 정도로 모르는 사람이 없지만 일상생활에서 흔히 쓰이고 있는 말들에 신화나 성서에서 유래한 사실을 아는 사람은 많지 않다. '알아두면 잘난 척하기 딱 좋은 시리즈' 6번째 책인 '신화와 성서에서 유래한 영어표현사전'은 신화와 성서에서 유래한 영단어의 어원이 어떻게 변화되어 지금 우리 실생활에 어떻게 쓰이는지 알려준다.

읽다 보면 그리스·로마 신화와 성서의 알파와 오메가를 꿰뚫게 됨은 물론, 이들 신들의 세상에서 쓰인 언어가 인간의 세상에서 펄떡펄떡 살아 숨쉬고 있다는 사실에 신비감마저 든다.

김대웅 지음 | 인문·교양 | 320쪽 | 18,800원

푸른늑대의 다섯번째 다음 겨울

책이 있는 마을